KB097912

아버지학교

아버지 학교

이정록 시집

열림원

내가 우주를 떠돌 때, 의가사 제대 기념으로 찍은 아버지의 사진이다.
고향에는 지금 독수공방을 지키는 아내가 첫딸에게 젖을 물리고 있으리라.

세상의 모든 아버지와
아버지가 그리운 분들께 올립니다.

시인의 말

『어머니학교』는

어머니 연세에 맞춤하여 72편으로 마무리했다.

『아버지학교』는 『어머니학교』에 비해 편수가 줄었다.

불효막심하게도,

생을 앞당긴 당신이 잠깐이나마 고맙게 느껴졌다.

예순까지 사는 건 기적이라며,

아버지는 51세 생신날에 회갑연을 했다.

아버지가 평생 되뇐 고갱이는 두 문장이다.

"모든 것은 역사가 증명한다."와

"꼭 필요한 사람이 되어라!"

지병이 아버지에게 가르쳐준 지혜의 약봉지뿐만 아니라,

잠들지 않는 욕망과 조급한 훈계도 담았다.

애이불비哀而不悲 애이불상哀而不傷이라 하였건만,

비상悲傷에 빠져 물속 하늘로 비상飛翔하는 나날이었다.

아버지는 쉰여섯, 입춘에 운명했다.

소한 지나 입춘까지,

원고지라는 멀고도 척박한 땅에 아버지를 모셨다.

두 시집을 나란히 읽어보니 '성숙시집' 같다.
생의 여로가 그렇게 이어진 듯싶다.
두 학교를 모두 마쳐도 졸업은 없다.
죽어서도 무릎 아픈 학생부군이다.
우리는 모두 『아버지학교』의 불량학생들이다.
내가 먼저 회초리를 맞겠다.

2013년 봄
이정록

차례

시인의 말 · 6

1

가슴은 식어야 넓어지는 겨

아버지학교 1   사내 가슴 · 15

아버지학교 2   방 · 16

아버지학교 3   멍석말이 · 18

아버지학교 4   품 · 20

아버지학교 5   생의 알밤 · 21

아버지학교 6   농기구 · 22

아버지학교 7   왜가리 · 24

아버지학교 8   금강 하구 · 26

2

똥구덩이에 빠져도 기죽지 마라

아버지학교 9   새 · 29

아버지학교 10   원고료 · 30

아버지학교 11　　구두코 · 32

아버지학교 12　　호박 · 34

아버지학교 13　　연탄 · 35

아버지학교 14　　영어책 · 36

아버지학교 15　　연애 · 37

아버지학교 16　　독서 · 38

아버지학교 17　　외출 · 39

아버지학교 18　　효자손 · 40

아버지학교 19　　빚으로 사세요 · 41

아버지학교 20　　시집 · 42

3

큰 걸음으로 건너가라

아버지학교 21　　살림의 시인이 되어라 · 45

아버지학교 22　　담 · 46

아버지학교 23　　달 · 47

아버지학교 24　　새가슴 · 48

아버지학교 25　　우담바라 · 50

아버지학교 26　　18-18-18 · 52

아버지학교 27　　사랑 · 53

아버지학교 28　　말기 · 54

아버지학교 29　　아버지의 편지 · 56

아버지학교 30　　아버지의 일기 · 57

아버지학교 31　　아버지의 욕 · 58

4

아버지의 마음 한쪽을 상속받았습니다

아버지학교 32   면도기 · 63

아버지학교 33   처마 아래 · 64

아버지학교 34   팔자걸음 · 66

아버지학교 35   구운 소금 · 67

아버지학교 36   실패 · 68

아버지학교 37   두루미 · 69

아버지학교 38   검은 장화 · 70

아버지학교 39   작은아버지 · 72

아버지학교 40   개사료 · 74

아버지학교 41   장화울음 · 75

아버지학교 42   아버님전상서 · 76

아버지학교 43   까막눈 · 78

아버지학교 44   유언 · 79

5

얼음지붕에서 떨어지지 않으려면
얼음으로 살아야 한다

아버지학교 45   영정사진 · 83

아버지학교 46   아버지의 자리 · 84

아버지학교 47   단오줌 · 86

아버지학교 48   신발 · 88

아버지학교 49   봄비 · 89

아버지학교 50   송장칡뿌리 · 90

아버지학교 51   생쌀 · 91

아버지학교 52   털신 · 92

아버지학교 53   얼음기둥 · 94

아버지학교 54   목젖 봉오리 · 96

아버지학교 55   꿈에 몽골초원을 달리다 · 98

아버지학교 56   머리맡에 대하여 · 99

6
사랑을 하면 가슴팍에 짐승이 돌아다니고
귀에서 귀뚜라미 소리가 들린다

글짓기 대표선수 · 105
꼭 필요한 사람이 되어라 · 113
외양간 마구간 가슴간 · 120

1

가슴은 식어야 넓어지는 겨

사내 가슴

아버지학교 1

　아들아, 저 백만 평 예당저수지 얼음판 좀 봐라. 참 판판하지? 근데 말이다. 저 용갈이* 얼음장을 쩍 갈라서 뒤집어보면, 술지게미에 취한 황소가 삐뚤빼뚤 갈아엎은 비탈밭처럼 우둘투둘하니 곡절이 많다. 그게 사내 가슴이란 거다. 울뚝불뚝한 게 나쁜 것이 아녀. 물고기 입장에서 보면, 그 틈새로 시원한 공기가 출렁대니까 숨 쉬기 수월하고 물결가락 좋고, 겨우내 얼마나 든든하겠냐? 아비가 부르르 성질부리는 거, 그게 다 엄니나 니들 숨 쉬라고 그러는 겨. 장작불도 불길 한번 솟구칠 때마다 몸이 터지지. 쩌렁쩌렁 소리 한번 질러봐라. 너도 백만 평 사내 아니냐?

*용갈이: 용이 밭을 간 것과 같다는 뜻으로 두꺼운 얼음판이 갈라져 생긴 금.

15

방

아버지학교 2

　네 방 갖고 싶지? 대나무를 톱질하며 아버지가 어깨를 짚
었다. 대나무는 방이 많지? 너라면 몇째 칸에다 공부방을 두
고 싶냐? 댓잎이 부르르 떨자 새소리가 멎었다. 첫째니까 첫
번째 방이요. 아버지가 대숲 바닥 묵은 댓잎을 긁어냈다. 여
기는 엄니 아버지 자리여. 너, 대금이란 악기 알지? 젓대로
치자면 여기가 취구여. 계속 바람을 불어넣어야 가락이 나오
지. 어미 아비는 죽을 때까지 식구들 입에 뭘 떠 넣는 사람이
여. 댓가지들이 고개를 끄덕였다. 너는 둘째 칸에다 방을 차
려라. 이 자리가 청공이여. 단옷날 물오른 갈대 속에서 청을
뽑아 붙이지. 소리가 크게 울려 퍼지는 데여. 넌 장남이니까
목청껏 살아라. 구름을 빗질하는 댓잎처럼 어깨가 으쓱해졌
다. 나머지가 대충 누나하고 동생들 방이여. 할머니 방은 어
디예요? 할머니 방은 여기 칠성공七星孔 자리여. 나이 잡수시
면 곧 무덤 속 칠성판에 누웠다가 별이 되는 거여.

　아버지는 왜,
　대나무 밑뿌리에 방을 두지 않았습니까?

할머니보다도 일찍 별이 되었습니까?

멍석말이
아버지학교 3

열여섯에 멍석말이 당한 적 있다. 몹쓸 짓해서 매질당한 건
아니고, 평행봉에서 겁 없이 제비돌기 하다가 손을 놓친 거지.
디귿자로 허리가 꺾여버렸지. 우두둑! 말뚝 부목에 멍석 둘둘
말아 마차에 실려 왔지. 소 팔고 종산도 팔아치워야 할 지경에
할아버지가 무식한 처방을 내린 거여. 돌돌 말려 온 멍석째 황
토맥질을 하고는 장작불을 지핀 거지. 졸아붙은 무쇠솥과 아
비 목구멍에다가 찬물 들이부으며 달인 거지. 찜 쪄지면서 얼
마나 까무러쳤는지 몰라. 다시 걸을 수 있다면 의사가 돼야
지, 다짐하고 다짐했다. 머리하고 엉덩이 밑에 볏단을 쌓고서
는 겨우 똥오줌을 받아냈지. 멍석 풀고도 두어 달 사랑방에 누
워만 있었는데, 꼽추가 안 된 건 황토찜질 덕이지. 할아버지가
고등학교만 보내줬어도 소 돼지 예방접종이나 해주는 돌팔이
로 살았겠냐? 나중에 허리 다친 사람 만나면 아버지구나, 하
고는 잘 뫼셔라. 난 평행봉 빼고는 무서울 게 없는 사람이다.
남들이 대가 센 사람이라고 하는데 그건 저승 문지방에 멍석
떠받쳤던 경험 때문이여. 무서운 게 없는 사람은 단명한다고
걱정들 한다만, 몰라서 그러는 겨. 나는 나란히 놓인 젓가락만

봐도 등골이 오싹해져야. 사람이든 철봉이든 나란한 것은 무서운 거여.

품

아버지학교 4

아궁이 품 넓히는 것은 식은 재여. 추운 강아지며 꽹이 뛰쳐나오는 새벽 아궁이, 고운 재 때문이란 말이다. 한 아름 장작 때문도, 불길 끌어당기는 열 길 굴뚝 때문도 아녀. 고무래에 아궁이 바닥이 조금씩 쓸려나오기 때문이여. 땡볕에 소나무장작 쟁여 물고 불뚝거리지 마라. 가슴은 식어야 넓어지는 겨. 사내 품은 결국 비 맞은 재여. 마른 깻단, 젖은 짚불이라도 잘 다독이다 보면 너른 가슴이 되는 겨. 아비는 희나리* 악다문 채 화톳불이 되었지만 말이여.

* 희나리: 채 마르지 않은 장작.

생의 알밤

아버지학교 5

밤송이를 털면 땅바닥이 가시밭이 되지. 알밤은 가시밭에서 줍는 거여. 그것도 모르고 고개 쳐들고 눈물 짜는 사이, 누군가가 알밤 다 주워 가지. 남은 밤 몇 톨 주우려고 이 악물어봤자 벌레 줍만 내뱉게 되지. 세상 더럽다고 욕지거리하다가 시든 밤꽃처럼 끝장 보는 거여. 알밤은 고개 푹 숙이고 가시밭에서 얻는 거여.

농기구
아버지학교 6

청양 철물점들이 요새 장사가 괜찮다더라. 칠갑산 자락 풍
광이 좀 좋으냐? 귀농한다고 내려오는 사람들한테 농기구를
한 트럭씩 배달한다더라. 땅뙈기가 아무리 작아도 숟가락 젓
가락 다 있어야지 않겠냐고, 애최 장만해야지 바쁜 농사철에
외지사람이 연장 빌리러 다니다가는 눈밖에 나기 십상이라고
구기자처럼 실눈으로 칩떠보면, '아저씨가 알아서 실으세요.
농사가 처음이라서 말이에요.' 별 오만 잡것까지 쟁여서 한몫
씩 한다더라. 텃밭농사 십 년 부쳐야 농구 값이나 빠지겠냐?
농촌이란 데가 망해야 부자 되는 곳인데 말이여. 촌에서 돈 모
으려면 농사 집어치우고 품 팔러 다니는 게 최고여. 이우지 최
씨네 봐라. 자식들이 농토 다 날린 뒤로 아저씨는 품 팔고 아
줌마는 읍내 국수집 설거지 다니고, 마을 사람들이 급전 필요
하면 최씨네 감나무 밑에서 헛기침한다. 삽으로 할 수 있는 일
은 호미로도 할 수 있고, 톱으로 할 수 있는 일은 낫으로도 할
수 있는 겨. 저 혼자 곡괭이도 되고 경운기에 트랙터까지 하려
니까 대근하지. 도회지살이 할 때도 이 일 저 일 다 둘러멨다
가 여기까지 고꾸라진 건데 사는 이치를 몰라. 사람은 타고난

근력껏 품앗이하며 사는 거여. 아무리 가슴이 넓어도 품은 하나여. 그거 깨우칠 때쯤이면 연장 녹슬고 늙어 꼬부라지겠지. 농사지으러 내려오는 게 아니고 이웃을 배우러 오는 겨. 칠갑산 자락도 첩첩 어깨동무하니까 깊고 유장한 거여. 철물점하는 분들도 그러면 못써. 먹을 거 키우는 농구를 전쟁터 쇠붙이 다루듯 하면 되겠어. 충청도 양반들이 경우가 있어야지.

왜가리

아버지학교 7

저수지 비탈 둑에서 뛰어다니던 왜가리 때문에 엄청 웃은 적 있지? 메뚜기 잡아다 새끼 주랴 제 헛헛한 허구리 채우랴 이리 비틀 저리 비틀 술 취한 막춤을 보며 박장대소했지. 부리나케 일어나서는, 밀친 놈 없나? 비웃는 놈 없나? 두리번거리던 꼬락서니에, '술 좀 줄여요. 왜가리 꼴로 훅 가는 수가 있어요.' 내게 쏠리던 눈초리가 떠오르는구나.

왜가리도 가을 지나 겨울 오면 차가운 물에 발 담그고 물고기를 기다리지. 사내란 저런 구석이 있어야 해. 시린 발에 온 정신을 집중시키고 지느러미가 전해주는 미세한 떨림을 읽는 거지. 눈은 시린 구름 너머에 던져놓고 의젓한 품새로 뒷짐 지고 말이여. 물고기가 가까이 다가오면 단 한 번 고개 숙이고는 다시 먼 하늘이나 바라보지. 물속 하늘은 가짜라서 진짜 하늘을 보며 살아야 한다는 거 아니겠어?

사내란 탁한 세상에서 탁발을 하고는 구름 너머 시린 하늘로 마음을 씻지. 식구들 뱃속 채워주는 일이라면 시궁창에 발

담가도 되는 거여. 사내는 자고로 연지蓮池 수렁에 서 있는 왜
가리 흰 연꽃이여.

금강 하구

아버지학교 8

살다가, 정말이지 몸이 내 몸 같지 않을 땐 금강 하구에 가 거라. 요 모양으로 싱겁게 살았구나, 갯물 들이켜는 강을 보아 라. 이리 짜게만 출렁댔구나, 맹물 들이켜는 바다 보아라.

그래도, 내 맘이 내 맘 같지 않을 땐 금강 하구에 가서 절 올 려라. 먼 길 오시느라 수고하셨다고, 고개 숙여 들끓는 속마음 들여다보아라. 백팔배, 귀 기울여 애끓는 곡절 들어보아라.

살다가, 정말이지 오갈 데 없는 마음일 땐 눈물 콧물 질질 짜 는 강물 보아라. 겨릅대 같은 갈매기 다리만 스쳐도, 바위너설 조개껍데기만 만나도 칭얼대는, 금강 하구 바다 보아라.

2

똥구덩이에 빠져도 기죽지 마라

새

아버지학교 9

숫눈이 내렸구나.

마당 좀 내다봐라.

아직 녹지 않은 흰 줄 보이지?

빨랫줄 그늘 자리다. 저 빨랫줄도 그늘이 있는 거다.

바지랑대 그림자도 자두나무처럼 자랐구나.

아기 주먹만 한 흰 새 다섯 마리는, 빨래집게 그림자구나.

햇살 받으면 새도 날아가겠지. 젖은 자리도 흔적 없겠지.

저 흰 그늘, 혼자만 녹지 못하고 잠시 멈칫거리는 시린 것,

가슴에 성에로 쌓이는 저 아린 것, 조런 실타래가 엉켜서

마음이 되는 거다. 빨래집게처럼 움켜잡으려던 이름도

미음처럼 묽어짐을, 고삭부리* 되고서야 깨닫는구나.

그리움도 설움도 다 녹는 거구나. 저리고 아린 가슴팍이

눈송이로 뭉친 새의 둥우리였구나.

깃털 하나 남지 않은 마당 좀 보아라.

약봉지 같은 햇살 좀 봐라.

* 고삭부리: 몸이 약해서 늘 병치레하는 사람.

29

원고료
아버지학교 10

대전일보 신춘문예 상금에서 오만 원
홍성군청 반상회보 원고료 오천 원
홍주소식 표지에 시 한 편 만 원
홍성신문 추석명절 특집으로 팔천 원
네가 원고료 보태서 봉투 안길 때마다
끼던 금반지에 한 돈씩 반 돈씩 저금했다.
한 번만 더 불리고는 그만두련다.
퉁퉁해서 농사짓는 데도 불편하고
번쩍번쩍 남세스럽고 너도 부담될 테고.
이렇게 덮씌워 반지를 키우다 보니
새 원고가 헌 원고를 덮고 가는 격이더구나.
새 원고는 늘 빛이 나야지.
근데 헌 원고가 안에서 심이 돼야
새로 쓰는 시가 더 눈부시겠지.
사람한테 헌 생각은 없는 겨.
새것이 옛것을 감싸 안고 가야 하는 겨.
어떤 글이든 99.9 순금으로 말이여.

모든 건 역사가 증명하는 겨.
이만하면 원고료에 맞춤하지?
잘 새겨들었으면 넘칠 테고.

구두코

아버지학교 11

파전에 막걸리 마시는데
밖에서 아기 울음이 들리는 거여.
갑자기 손자가 보고파서 함께 마시던 재당숙하고
사촌아우하고 니들 광천 신혼집으로 택시를 대절한 겨.
며느리한테 연락도 않고 말이여.
벌어진 구두코 사이로 빗물 들이친 것도 몰랐다.
슬그머니 광천역 앞 구두 가게에서
네가 검정구두 한 켤레를 사 왔지.
그때 내가 한 말 맘에 두지 말거라.
낯이 빠질 때 호통부터 치는 게 아비란 작자들 아니냐?
찢어진 구두 보고도 나 몰라라 했으면
글 쓸 자격 없다고 지껄인 것 말이여.
주정뱅이는, 사람이며 구두며 코가 성할 날 없는 거여.
글쟁이는 눈이 보배니까 짜웃짜웃 살펴봐라.
늦은 밤 식구들 품으로 귀가하는 가장의 구두는
일에 지쳐 뒤축이 닳는 법인데, 아비는 구두코가
빈 술잔마냥 쩍 벌어진 채 살아왔으니 말이다.

그래도 내가 널 등단시킨 거여. 칠성제화 이만 원에
친척들 앞에서 너를 공식적으로 글쟁이라고 했으니까 말이여.
근데, 그것도 미안한 일이다. 평생 펜대 굴리려면
네 구두코 또한 얼마나 빈 술통마냥 헐떡대겠냐?

호박

아버지학교 12

식솔을 위해서라면
호박씨처럼 똥구덩이에 몸 담그는,
나는야 커다란 황금빛 호박꽃이다.
새끼들 으스대라고 모양만은 왕별 호박꽃,
독침도 없이 붕붕 소리만 요란한 호박벌이다.
어느새 너희 머리통은 야자수 열매처럼 단단해져
늙은 호박처럼 텅 빈 아버지를 수군거린다만
끝내는 호박고지, 황금빛 목걸이라도 건네고 싶었다.
한겨울 살구나무 붉은 우듬지를 올려다본다.
넌출거리는 마른 호박덩굴 쳐다본다.
아버지는 호박처럼 묵직한 걸 건네고 싶었다.
여린 잎에 호박순까지 끊어 바치는 게 좋았다.
허공을 짚고 오르는 덩굴손을 보여주고 싶었다.
똥구덩이에 빠져도 기죽지 마라.
겨우내 사랑방 윗목을 지키는
누런 호박의 가부좌를 보아라.

연탄

아버지학교 13

아비란 연탄 같은 거지.
숨구멍이 불구멍이지.
달동네든 지하 단칸방이든
그 집, 가장 낮고 어둔 곳에서
한숨을 불길로 뿜어 올리지.
헉헉대던 불구멍 탓에
아비는 쉬이 부서지지.
갈 때 되면 그제야
낮달처럼 창백해지지.

영어책

아버지학교 14

간경화 십 년에
덤으로 설암까지 얻었구나.
김내과 원장이 그러더라.
내 진료카드가 가장 두툼하다고.
아들보다 먼저 책 한 권 썼다고.
골려대는 거 같아서 내가 퉁 좀 놨다.
내가 쓴 게 아니고 원장이 쓴 거라고.
주인공도 못 읽게 왜 영어로 쓰느냐고.
껄껄 웃으며 그러더라.
오래 살 테니까 걱정 말라고.
병도 재미 보자고 오래도록
함께 살 거라고.

연애

아버지학교 15

쥐가 도끼자루며
대들보 갉아대는 까닭이야
송곳니를 갈아야 하기 때문이지.
아래턱을 뚫고 나올 수도 있으니까.
세숫비누 갉아먹는 연유는 다른 거다.
어린 것들이나 늙은 쥐는 비누 안 먹지.
쥐도 연애란 걸 한다.
사랑에 빠지면 헛헛한 거여.
새끼 밸 때면 향기로운 것에 집착하지.
꽃도 뜯어먹고 호박도 갉아먹지.
찍찍거리는 소리 중엔, 사랑해! 라는
입덧 같은 말도 있는 거여.

독서

잠자리 날개가 투명한 까닭은
자신을 낚아채는 새의 부리를 엿보려는 거여.
절박의 씨줄과 영겁의 날줄로 짠 자서전.
모름지기 시인이란 잠자리 날개에서
수만 년 전 어느 숲속의 마른 잎맥
그 푸른 물방울 소리도 읽어야 하는 거여.
산등성이에서 굽어보는 눈 내린 논두렁
그 잠자리 날개 같은 겨울 들녘을.
어미 아비 손등에 흐르는 검은 물소리를.

외출

아버지학교 17

아들이 커서 아버지의 구두를 신고
아버지의 옷을 걸치고 외출하기 시작하면
아들 방에 들어가 아들의 이불을 덮고
아들의 베개를 베고 한숨 푹 자거라.
아들은 이제 한 걸음씩 멀어질 게다.
멀어지는 모든 것은 다 가까웠던 것이지.
네가 나에게서 울뚝불뚝 멀어졌듯이.
운동장 가운데에다가 공을 놔둬봐라.
가만 있으려 해도 바람 따라 굴러가지.
잘 굴러간다고 좋은 게 아니란다.
잘 굴리고 가는 게 중요한 거지.

효자손

등긁개 이름이 왜 효자손이라니?
등 긁어주는 니들 손이 효자손이지.
손잡이 긴 놈으로 다시 사와야겠다.
파리 잡다가 아예 못쓰게 됐다.
옥수수자루에 꼬챙이 꼽아서 쓰는데
나처럼 쉰내 진동하는구나. 이왕이면
가슴 볼록하고 날씬한 미녀손이 좋겠다.
먼저 쓰던 불효자손 사오지 말고 말이여.
그리고 꼭 중국산으로 사와라.
한글로 미녀라고 써 있으면
니 엄니 속상할 거 아니냐.

빚으로 사세요

아버지학교 19

나이 들수록 빚지며 사는 게 좋더라.
어제 점심엔 칼국수 얻어먹고
저녁엔 애호박 두 덩이 선물로 받았다.
고맙네, 감싸 쥐는 거친 손길이 좋다.
나도 뭘 좀 건네야 할 텐데, 요모조모 굴려보는
애옥살이 마음살림이 좋다. 빚으로 사세요!
욕심 보따리에서 콧노래까지 흘러나오더라.
오늘 아침엔 똥만 싸지르던 이웃집 암탉이
마루 밑에 쌍알을 놓고 갔다. 둥글게 사세요!
털 빠진 암탉 등짝에 분첩이라도 토닥여줄까.
빗방울 듣기 전에 막걸리 받아놓고
호박부침개 좀 부쳐야겠다.
비 그치고 나면 눈자위에
막걸리사발처럼 달무리 젖더라.

시집

아버지학교 20

첫 책을 낸 지 열아홉 해라.
대나무 마디 열아홉 칸이면
하늘 가까이 깃발 드높겠구나.
심장을 울리는 말발굽 소리 두렵겠구나.
등짝 시린 서릿발 청년이 되었구나.
십구 년에 시집 일곱 권이라
펜촉 세워 깃발도 매달겠구나.
백척간두에 올라 신발 끈 고쳐 맬 때 되었구나.
소나무 나이테 열아홉이면
마을로 내려가 기둥이 되어야 하리.
가슴에 단칼도 품을 수 있는
원통 도마도 될 수 있겠구나.

3

큰 걸음으로 건너가라

살림의 시인이 되어라
아버지학교 21

낫날로

대나무 베지 마라

제발 죽창 깎아놓지 마라

대숲에 핏발 선 눈초리 숨겨두지 마라

하늘 가득 재잘대는 댓잎입술, 어린 맨발들 뛰어내린다

담

아버지학교 22

담을 쌓지 마라.

누군가는 그 담장 위에 피 묻은 병조각을 꽂는다.

담을 부수려면, 담장 높이만큼 마음 쌓아올리는 수밖에.

덩굴장미나 담쟁이를 올려도 좋겠지만

비바람 몰아치면 다시 차가운 눈초리와 맞닥뜨리겠지.

맨발로 유리조각을 밟는 눈보라처럼

생을 넘지 마라.

달

아버지학교 23

노둣돌 하나 은하에 잠기고 있다.

큰 걸음으로 건너가라.

모든 건 역사가 증명한단다.

맨살의 별빛들, 어둠 너머 어디로 건너뛰는 걸까?

투두둑 투두둑 바짓가랑이 실밥이 터지는구나.

먼저 밟고 간 발자국, 마른 이끼가 거뭇하다.

꼭 필요한 사람이 되어라.

별빛 반짝이며 건너가라.

새가슴

새가슴이라는
몹쓸 말이 있더라만
새의 앙가슴 솜털 봐라.

둥우리 속 새끼들
어서 세상 구경시켜주려는
따스한 솜털 새가슴 보아라.

둥우리 속 어미 날개처럼
무겁지 않게,
낮게, 사랑해라.

죽지를 움켜잡는 것은
아직 태어나지 않은
어린 새의 부리를 틀어막는 거라.

모든 새들의

아름다운 지저귐은
다 새가슴이 키운 거라.

우담바라

아버지학교 25

어미가 벗어놓은
몸뻬의 무릎과 궁둥이에
보푸라기가 다닥다닥하구나.

보풀보풀
풀잠자리알 같다.

하루 더 살면 하루 더 고생이라는,
어떻게든 몸 빼내면 거기가 극락이라는,
입버릇 나쁜 몸뻬.

콩나물시루 위에
막 사람을 빠져나온 몸뻬가 덮여 있구나.
막무가내 해탈하는 콩나물이 있구나.
젖은 보푸라기가 있구나.

어서 데려가라.

불길 쪽으로
대가릴 들이미는 작것이 있구나.

18-18-18

아버지학교 26

어미 돼지 한 마리 죽었다고
곡기까지 끊는데요?

이 집구석에서 돼지만 죽어나갔냐?
그리고 한 마리냐? 뱃속 새끼까지 무려 열한 마리다.

눈이 파이겠네요.
뭘 그렇게 뚫어지게 헛간만 본데요?

마음이 복합적으로 꼬여서
복합비료 비닐포대 꼬나본다. 왜?

사랑
아버지학교 27

운동장 한가운데다가 물동이를 엎으면
철봉대 옆 볼품없는 나무 쪽으로 물길이 나는 거여
폭우 때 진즉 바닥이 쓸려나갔던 거지.

생선장수도 한 마리만 사는 사람한테는
값도 헐하게 받고 큰놈으로 챙겨주는 거여.
서너 마리 흥정하는 이한테는 잔챙이도 섞어 팔어.
오죽 복잡한 속사정이면 이십 리 자갈길에
고등어 한 마리만 들고 가겠냐? 그렇다고
이 가게 저 가게 다니며 한 마리씩 사는 놈은
마음주머니까지 가난한 좀팽이인 거지.

가난하다는 건 비탈이 심하다는 거다.
마음 씀씀이 좋은 생선장수든
마른 땅 적시는 물길이든, 뿌리가 드러난 쪽으로
정이 쏠리는 게 순리고 이치여.

말기

아버지학교 28

피죽도 못 먹은 사람마냥
눈구멍이 떼꾼하게 파고들어야.
이렇게 모양 빠지는 것도
새끼들 욕 먹이는 짓인데.

젊었을 땐 그저
바깥세상이 궁금해 죽겠더니
다 퍼낸 빈 항아리에 뭣이 남았다고
몸뚱어리 안창만 들여다보나 몰라.

저승이 코앞이라는 말은
아무것도 모르고 하는 애기들이여. 저승은
지 움펑눈 안쪽에 휑하니 펼쳐져 있다니께.
오뉴월 뒤주처럼 깜깜한 허방 말이여.

무덤이란 게, 광대뼈로 눈알을 빚어
산비탈에다가 옮겨놓은 거 아니냐.

무덤도 늙으면, 지 커다란 눈두덩을 거둬들이지 않남?
저승의 꼬랑지에 또 다른 생이 다물려 있다는 얘기지.

일평생 말기 아닌 적 있었깐?
그나저나, 죽어서도 눈알이 불룩한 걸 보면
개구리들은 이승저승이 따로 없나 봐.

막내 시집은 보내야 할 텐데.
눈두덩이 퉁퉁 부어오르게
개구리처럼 밤새 울어나 볼까?

아버지의 편지

아버지학교 29

처마 밑 고드름 치고 가는 식전바람같이

뒷덜미 서늘하냐? 마른 시래기 들추는 허기진 바람처럼

숨결 뜨거우냐? 된장찌개 졸아붙는 잉걸불 아궁이,

방고래 지나 굴뚝까지 다다를 수 있겠느냐?

무 껍질 벗기듯 제 살 도려내는 겨울바람,

고드름 뚝뚝 부러지는 잔풀나기 햇살까지 갈 수 있겠느냐?

아버지의 일기

아버지학교 30

귓바퀴 커지는 한겨울 새벽이다.

어제는 냇가 너설에 가서 바위 두 개를 들어냈다.
보 아래로 떨어지는 물소리가 우렁우렁 아름답다.
젖은 바지에 고드름이 매달려 서걱거린다.

그제는 커다란 워낭을 어미 소에게 달아주었다.
저도 듣기 좋은지 목을 자꾸만 흔들었다.

달포 전 혼자 사시던 기와집할머니가 돌아가시어
오늘은 추녀 밑에 쌓여 있던 오 년 묵은 장작을 옮겨왔다.
타닥타닥, 방고래가 제 뼈마디로 장단을 먹였다.

새벽 시냇물 소리, 워낭 소리, 장작 타는 소리
이것이 호강에 겨운 내 귀의 겨울나기이다.

귓속 우물에 살얼음 잡히는 한겨울 새벽이다.

아버지의 욕*

아버지학교 31

"운동화나 물어뜯을 놈"
어릴 적에 들은 아버지의 욕
새벽에 깨어 애들 운동화 빨다가
아하, 욕실 바닥을 치며 웃는다.

사내애들 키우다 보면
막말하고 싶을 때 한두 번일까마는
아버지처럼, 문지방도 넘지 못할 낮은 목소리로
하지만, 삼십 년은 너끈히 건너갈 매운 눈빛으로
'개자식'이라고 단도리칠 수 있을까

아이들도 훗날 마흔 넘어
조금은 쓸쓸하고 설운 화장실에 쪼그려 제 새끼들 신발이나
빨 때
그제야 눈물방울 내비칠 욕 한마디, 어디 없을까
"운동화나 물어뜯을 놈"에서 한 치도 벗어나지 못한 나는
"광천 쪽다리 밑에서 주워온" 고아인 듯 서글퍼진다

"어른이라서 부지런한 게 아녀
노심초새한테 새벽잠을 다 빼앗긴 거여"
두 번이나 읽은 조간신문 밀쳐놓고 베란다 창문을 연다
술빵처럼 부푼 수국의 흰 머리칼과 운동화 끈을
비눗물방울이 잇대고 있다

* 시집 『정말』에서 빌려옴.

4

아버지의 마음 한쪽을
상속받았습니다

면도기

아버지학교 32

고등학교에 입학하자 수염이 검어졌습니다. 양날면도기가 차갑게 턱 선을 내리긋고 지나갔습니다. 살이 뜯겨나가는 것 같았습니다. 두 번째부터는 손쉬웠습니다. 한 면은 거칠었고 한 면은 잘 들었기 때문입니다. 날 선 쪽으로 삭삭, 두어 번 베이기도 했습니다. 아버지는 도루코 면도날을 반쪽만 잘라 엇갈아 끼우셨습니다. 아버지는 무딘 쪽만 쓰셨습니다. 면도기를 함께 쓰다니, 다 컸구나. 기념으로 소주도 몇 잔 받았습니다. 잘 드는 쪽이 네 거다. 아버지의 마음 한쪽을 상속받았습니다.

처마 아래

아버지학교 33

제비가 다녀갔습니다.

제비알 작은 얼루기 다녀갔습니다.

새끼 제비들의 노랑 입천장이 다녀갔습니다.

화상연고 같던 새끼제비의 미주알이 다녀갔습니다.

어미 부리에 잡혀온 벌레들은 힘찬 날갯짓이 되어 돌아갔습니다.

처마 밑 제비집을 바라보던 눈길만 남아 있습니다.

처마 아래 두 접 마늘처럼 바싹 말랐습니다.

아파트로 알 굵은 일곱 접이 떠나고 잔챙이만 남아 있습니다.

양파 다섯 접 중 세 접도 함께 트렁크에 실렸습니다.

옥수수와 마늘이 다녀간 자리에 메주와 곶감이 처마를 당기고 있습니다.

곶감도 곰팡이 슨 것만 남아 틀니 오물거리는 겨울밤입니다.

뒤주 속 홍시도 떠났습니다. 메주는 뒤뜰 항아리로 거처를 옮겼습니다.

녀석들도 나중에 어둔 항아리를 벗어나 대처로 떠날 겁니다.

산토끼 쓸개와 익모초와 씨오쟁이만 남았습니다.

이것만은 지켜야 한다고 창끝을 세운 고드름들이
겨우내 수정 빗장 걸어주었습니다.
양철 치맛단의 올이 자꾸만 풀립니다.
처마 그림자가 못 꼬챙이 많은 기둥을 톱질합니다.
텃밭 마늘 싹이 창끝을 흉내 내며 솟아오르는 봄입니다.
고드름처럼 녹아버리지 말자고 아린 독 품습니다.
다시 제비 돌아왔습니다. 제비꼬리며 날갯죽지도
대장간을 다녀왔는지 서슬처럼 빛납니다.

팔자걸음

아버지학교 34

아버지가 팔자걸음인 것은
새벽 풀숲 이슬받이로 앞서가란 뜻.

아버지가 팔자걸음인 것은
어둠속 가시덤불 헤치며 나아가라는 뜻.

뒤따라오는 식솔들 바지춤 젖지 않게.
헐벗은 새끼들 알종아리 긁히지 않게.

구운 소금

아버지학교 35

소주잔이 맥주잔으로 커졌습니다.
안주가 간장과 소금으로 바뀌었습니다.
파리 때문에 오로지 소금종지만 남았습니다.
"할짝할짝 세상살이 간이나 보려다가는
파리처럼 간장종지에 빠져 하직하는 거여."
소금종지에 고춧가루를 넣었습니다.
어머니가 볶은 참깨도 섞었습니다.
안주가 기름지다고 잇새에 끼인 참깨를
내뱉었습니다. 아침 열 시면 만취였습니다.
소금 외에는 다 보양식이 되었습니다.
뼈를 뽑자 소금이 한 단지나 나왔습니다.

실패

아버지학교 36

면도기를 사용한 지 얼마 안 돼 새우깡에 깡소주 들이붓고 도둑고양이처럼 기어들어 토악질하던 우물가 수챗구멍. 안방에서 아버지의 넋두리가 뒤통수를 쳤습니다. 아비가 중학교 때 평행봉에서 떨어져 허리 다치고 군대에서는 창자 끊어 붙이는 대수술까지 해서 농사일에 힘을 못 쓴다만, 근동에서 딸기농사도 포도농사도 가장 먼저 시작했고 담배농사에 단감나무도 심어봤다. 금산에서만 된다는 육년근 인삼도 키워봤고 두록저어지라는 붉은 돼지도 쳐봤다. 물론 다 실패하고 땅뙈기를 야금야금 팔아 조진다만, 오늘이 그중 실패한 날이구나. 자식농사마저 망쳤구나. 감자 통가리마냥, 큰놈 하나 썩으면 잔챙이들은 줄줄이 썩어나가지. 말의 서랍을 헛기침 한 번으로 닫자, 등을 두드리던 어머니의 손이 도끼머리로 무겁게 내리꽂혔습니다. 부르르 뛰쳐나와 올라탄 첫 버스는 어디에다 속을 다 도려냈는지 텅 비어 있었습니다. 꺽꺽거리는 나에게 백미러가 덜컹덜컹 잔소리를 퍼부었습니다.

두루미

아버지학교 37

식은땀에 등골은 깊어졌습니다.

새벽이면 등골 계곡에서 오싹하니 찬바람 몰아쳤습니다.

베갯잇에서 서른 살을 넘긴 두루미 한 쌍,

앙상한 다리에 보풀보풀 깃털이 돋아났습니다.

날이 차니 어서 새털구름에 들자고 금실 좋게 속삭입니다.

아버지는 추울 때 떠나실 듯합니다.

검은 장화

아버지학교 38

폭설에 세상이 갇히면
토방에 장화 한 쪽 뒤집어 세워놓고
그 신발바닥 뒤축에 모이를 올려놓았습니다.
마당에 뿌려놓지 그래요. 새 머리마냥 갸웃거리면
쉿! 조용히 창호지 문구멍으로 내다보라 했습니다.
저것 봐라. 힘 있는 새가 혼자 다 먹으려고
장화에 올라타지. 그럼 어찌 되겠냐? 장화가 넘어지면서
모이가 마당에 흩뿌려지지. 그러면 병아리도 먹고
굴뚝새도 먹고 참새도 먹고 까치도 먹는 거지.
처음부터 흩뿌려놓으면 되잖아요. 그건 다르지.
크고 힘센 놈은 작은 새들 앞에서
저렇게 굴러떨어져 망신 좀 당해봐야 해.
혼자만 먹어서는 안 된다는 걸 깨우쳐줘야지.
새대가리라서 번번이 까먹지만, 참새는 쩍쩍
지빠귀는 뽁뽁, 날개깃으로 가슴 치며 웃어봐야지.
장화 속에다 모이 한 줌 넣어놓으면, 왕관이라도 쓴 양
몸통을 통째로 처박고서는 마루 밑을 기어 다니는 꼴이야

뉴스 첫머리에서 늘 보지만 말이다. 아버지는
넘어진 장화를 가지런히 세우는 것이었습니다.
장화의 검고 깊은 두 눈이 무섭기도 하였습니다.

작은아버지

장항선에서 가장 예쁘다는 숙모와

코흘리개 젖먹이 사내 둘만 남기고

작은아버지는 농약을 들이켰습니다.

젊은 숙모와 조카를 위해 아버지는

방 두 칸 붉은 기와집을 짓기 시작했습니다.

주춧돌 놓기 전에 우리 집 이엉부터 얹었습니다.

남들이 깐봐서 초가집은 안 돼! 역정을 냈습니다.

소나무 서까래를 하나 벗길 때마다 십 원을 받았습니다.

오늘은 오십 원어치 투덜거렸습니다.

이십 원어치 송진 눈물 흘렸습니다.

대문에 수톨쩌귀만 끼우면 되는데

친정에 간 숙모는 돌아오질 않았습니다.

아카시아나무가 흰 목을 빼고 기다렸습니다.

방고래를 뚫고 나온 오리목나무가 오리처럼 꽥꽥거렸습니다.

꽃이고 잎이었던 나무들, 겨울이 되자 몽둥이였습니다.

일곱 해 만에 빈 기와집은 빨갛게 무너졌습니다.

집 한 채를 동생과 둘이 창고로 날랐습니다.

붉은 기왓장은 담장을 따라 세워뒀습니다.
강아지도 수탉도 그 기왓장을 밟고 올라서면
세상 하직하는 날이었습니다. 기왓장 덕분에
염소도 두 마리나 잡아먹었습니다.
기왓장 이끼를 걷어다가 국을 끓이진 않았습니다.
아버지 병세가 이끼처럼 무성해졌습니다.
소주병이 기왓장에 기대어 형—형— 울었습니다.

개사료
아버지학교 40

간경화에 설암에, 병든 아버지를 위해
잔대 구렁이 두더지 굼벵이 벌집을
동네 청년들이 비료포대에 담아왔습니다.
답례로 일 년에 한 마리씩 개를 내놓았습니다.
아버지 떠나신 뒤 십수 년 되도록 어버이날이면 목사리를
풉니다.
동네 청년회장이 끌고 가서 어르신들을 위해 뚝배기에 담아
옵니다.
개사료는 청년들이 읍내 나갈 때마다 한 포대씩 떼다 놓고
갑니다.
청년이라고 하지만 환갑이 내일 모레, 말다툼할 때면
같이 늙어가는 처지에 그러지 말자고 불뚝대기도 합니다.
사월 한식쯤이면 어머니는 으레 청년회장에게 한마디 던집
니다.
개사료 그만 떼와도 되겄어. 목이 답답한지 자꾸 캑캑거리데.
듬뿍듬뿍 줘요. 청년회장이 개밥그릇처럼 웃습니다.

장화울음

아버지학교 41

병세가 깊어지자
논두렁이 좁아졌습니다.
비틀비틀 종아리가 가늘어졌습니다.
소의 걸음걸이도 느릿느릿해졌습니다.
고삐를 던져놓을 때 많아졌습니다.
소 먼저 외양간에 들 때 많아졌습니다.
웃음과 울음은 같은 우씨여서
한 얼굴, 한 광대뼈 안에서
어우렁더우렁 산다는 것을 알았습니다.
소의 한자 이름도 우씨여서
눈망울이 젖을 때 많아졌습니다.
소 꽁무니를 따라가는
아버지의 장화가 훌쩍거렸습니다.

아버님전상서

아버지학교 42

한겨울 자리끼 같았으면 좋겠습니다.
차가운 윗목에서 휘둥그레 눈뜨고 있다가
어둠속 목마름을 적셔줬으면 좋겠습니다.

참을 만한 일이었건만
밴댕이 소갈딱지에 소주 들이켜고 온 밤
뒤척이다가 자리끼를 엎기도 했죠.
이불이며 옷자락까지 흥건하게 젖어버렸죠.

하지만 언제나 당신은
영혼을 깨워주는 살얼음 잡힌 자리끼였으면 좋겠습니다.
새벽이면 당신은 군불 지피고
구정물에 메주콩도 듬뿍 넣어 쇠죽을 끓였죠.
아궁이 앞에서 지게 멍 자국 어루만지며
전장에서 얻은 흉터를 긁는 것도 보았죠.

이제 자리끼 속 살얼음이 될래요.

살얼음에 비친 땀에 전 당신의 잠바가 될래요.
쇠죽가마 속 보릿겨가 될래요. 여물 냄새가 될래요.
추억과 상처를 어루만지는 주름진 손이 될래요.

눈물 훔치는 옷소매가 될래요.
당신의 눈망울 붉은 노을이 될래요.
아주 오래도록, 당신의 서쪽이 될래요.

까막눈

아버지학교 43

두더지 한 마리가
딱딱한 길바닥을 가로질렀습니다
발맘발맘 새벽 산맥 한줄기 솟았습니다

탁발 길이 아닙니다
곧 태어날 새끼들 여린 살갗 다치지 마라
밤을 새워 날카로운 발톱을 갈아낸 겁니다

지척도 못 보는 까막눈입니다
건네줄 것은 무식한 어둠뿐입니다

머위 솜털에도
탱자나무 가시에도
방울방울 젖이 돌았습니다

유언
아버지학교 44

삶은 조개 속에
속살이게* 한 마리

마지막으로
무슨 말 나누었을까?
조개 입,
다물지도 못하더라.

숨 놓기 전에
어떤 약속 건넸을까?
어린 게,
발갛게 달아올랐더라.

*속살이게: 속살잇과에 속한 매우 작은 게. 주로 가리비, 새조개 따위의 조가비 속에
  숨어 산다. 굴속살이게, 대합속살이게, 섭속살이게 등이 있다.

5

얼음지붕에서 떨어지지 않으려면
얼음으로 살아야 한다

영정사진

아버지학교 45

보온밥통 속 누룽지 한 덩이

한때는 불꽃과 가까웠던 어금니의 생이었으나

치이고 치이다가 다시 바닥으로 갈앉은 마지막 끼니

마른 멍게껍질인가 그을린 밤송인가

좀 더 검어진 설움으로 깊은 밤 찬물 속으로 뛰어드는

뒤통수뿐인 얼굴, 맹물도 아니고 숭늉도 아닌

솥 부신 물에서 우물우물 건지는 물렁니 반 사발

탄 감자처럼 엎디어 절을 올립니다

아버지의 자리

옮겨 심은 어린 나무에 부목으로 아버지를 묶어드렸습니다.

참깨를 말리는 멍석 네 귀퉁이에 해질녘까지 아버지를 앉혀드렸습니다.

태풍에 들썩거리는 양철지붕 골함석 위에 드문드문 아버지를 눕혀드렸습니다.

홍수에 떠내려가는 수렁논둑에 방천말목으로 아버지를 박아드렸습니다.

흙 담장 너머 미루나무 우듬지로 올라가려는 작두콩덩굴에 아버지를 감아드렸습니다.

막차마저 끊긴 버스정거장 낡은 의자를 읍내 쪽으로 틀어서 아버지를 앉혀드렸습니다.

가장의 허파에 검은 기왓장을 덮고 싶다는 청자담배에게 아버지를 보루째 선물했습니다.

베고 주무시던 문지방 높아 목이 아프다는 소식을 듣고 마루에 두툼한 모노륨장판을 깔아드렸습니다.

새끼들 발뒤꿈치만이 문지방을 닳게 할 수 있다 해서 명년 추석에도 꼭 내려오겠다고 약속드렸습니다.

추석이 너무 멀어서 설도 안 지난 입춘에, 선산 두어 평에 떼를 입혀드렸습니다.

단오줌

아버지학교 47

눈 내린 텃밭에 아버지의 요강을 쏟습니다

후루룩, 긴 혀를 들이미는 아침햇살

이게 호박죽이더냐 물고구마더냐

초록젓가락 들이미는 마늘 촉

오랜 병수발에도 외려 얼굴 좋아진 놋요강

명당이란, 산토끼가 환약을 지어놓은 곳

누가 이렇게 맛난 오줌 누더냐 보름달이

한 달에 한 번씩 놋요강 부시는 곳

선산 양달바지 두어 평도

스르르 혀가 녹습니다

신발

아버지학교 48

신발 꺾어 신지 말라는 말씀이
아껴 신으란 뜻인 줄만 알았습니다.

아버지 신발에 발이 쑥쑥 들어가던 어릴 때에는 몰랐습니다.
머리통이 커지자 내 안에 딱딱한 내가 생겨났습니다.
아버지를 꺾지 않고는 한 발짝도 들어갈 수가 없었습니다.

발걸음 휘두를 때마다 아버지가 무너졌습니다.
아버지의 뒤편이 자꾸만 꺾어졌습니다.
아버지를 지르밟고 밤길을 비틀거리기 시작했습니다.

아버지의 무덤 한쪽이 부서져 내렸습니다.
아버지는 아버지를 지르신고 어딜 가셨나요.

봄비

아버지학교 49

또 욱신거린다고요.
욱신욱신, 고것이 무슨 꼬까신이라고
안방 아랫목까지 신고 들어와
벗겨달라 주물러달라 그런데요?
작년만 해도 한 쪽뿐이더니
아버지 떠난 지 열일곱 해
이제야 짝을 맞췄군요.
평생 신발 얻었군요.
봄비가 오려나 봐요.
아버지 무덤에도
욱신욱신, 잔디 돋겠네요.

송장칡뿌리

사나이는 굵고 짧게 살아야 한다고
아버지가 술상머리를 쳤습니다.
맥주잔 속 소주가 잔 숨을 게워 올렸습니다.
굵고 짧아 좋은 건 칡뿌리밖에 없다고
골방에 처박혀 고구마 자루를 주먹으로 쳤습니다.
아버지 산소마당 칡넝쿨을 걷어냅니다.
칡에선 언제나 염장이 냄새가 납니다.
칡넝쿨처럼 질기게 살라는 말씀,
그 푸른 밑줄에 소주병을 꽂니다.

생쌀

서해는 봄 한철,
주꾸미를 팔아 쌀을 삽니다.
주꾸미 머리통은 생쌀 그득한 곳간입니다.

죽은 아버지 입에 생쌀을 넣습니다.
백 석이오. 천 석이오. 만 석이오.
버드나무 숟갈로 반함飯含을 합니다.

주꾸미 쌀은 주검미입니다.
주꾸미에서 주꾸미 새끼가 나옵니다.
주검미에서 내가 태어납니다.

털신

군청 앞 백화식당에서 글 쓰는 벗들과

삼겹살에 소주 한잔하고 있는데, 흘깃흘깃

나를 훔쳐보던 도우미 아주머니가 제 옆에 앉았습니다.

미남을 알아본다고 친구들이 농을 쳤습니다. 저를 아세요?

여쭙는 순간, 십여 년 전의 안개천지라는 식당이 떠오르고

사십여 년 전의 뾰족구두가 떠올랐습니다.

이 자字, 경 자, 연 자, 쓰는 분을 아세요?

네, 아버님이십니다. 정말 닮았다 했어요. 근데, 요즈음 뵐

수가 없어서요.

작년 봄에 돌아가셨어요. 순간, 낯빛을 파르르 떨며 무릎을

꿇고는

제게 술잔을 건네는 거예요. 한 손으로 편하게 받아요.

이 잔은 아버님께 올리는 겁니다. 저도 무릎 꿇고 잔을 건넸

지요.

한 손으로 따르란 걸 두 손으로 올렸지요. 아들로서 올리는

거예요.

찡긋 웃어 보였지요. 돌아가신 날짜랑 선산도 알려드렸어요.

당연히 어머니에겐 비밀로 부쳐야죠. 하늘나라로 부치는
어머니의 편지가 끊기면 많이도 심심하고 궁금할 테니까요.
그분을 뵌 지도 십수 년이 흘렀네요.
요번 기일에 내려오면 군청 앞 백화식당에 들러보세요.
찾아갈 때에는 저처럼 뿔테안경에 파마머리로 가세요.
제 나이 쉰이고, 아버지는 쉰여섯에 떠나셨으니 속을 거예요.
그분 연세도 일흔이 넘었으니 주름졌다고 실망하진 마세요.
만나면, 아직도 경 자, 연 자, 쓰는 분이 그리워요?
개구쟁이처럼 몇 번이고 물어보세요. 저는 주로 청바지를
입어요.
　저도 들러볼게요. 그럼 하루에 두 번이나 왔다고
기뻐하시겠지요. 그 옛날처럼 돌아서서 눈물 찍으시겠죠.
참, 그분은 이제 뾰족구두 대신에 털신을 신어요.
어머니처럼 눈자위가 젖어 있고요.

얼음기둥

아버지학교 53

겨울 논바닥이 얼음지붕을 덮었습니다.

벼 그루터기가 수만 기둥으로 섰습니다.

낫날이 지나간 밑동에 닷 마지기 얼음이 손을 짚었습니다.

썰매 날과 쇠꼬챙이가 다시 아픈 기억을 찍어댔지만,

상처도 수평을 잡으면 견딜 만하다고 햇살 끌어다 덮습니다.

물꼬를 틀었던 도랑이 검은 핏줄로 살아납니다.

움벼*들이 서까래가 되어 아이들의 발목을 받들고 있습니다.

실뿌리들이 발끝 잇대어 얼음주춧돌을 놓았습니다.

닷 마지기 논두렁이 벌떡 일어서서 일주문 기둥이 되면

하늘 꼭대기 너테** 얼음지붕에 햇살 눈부시겠죠.

"얼음지붕에서 떨어지지 않으려면 얼음으로 살아야 한단다."

아버지의 말씀 뚝뚝 녹아내리겠죠.

* 움벼: 가을에 베어낸 그루에서 움이 자란 벼.
** 너테: 얼음 위에 다시 물이 얼어서 여러 겹으로 이루어진 얼음.

목젖 봉오리

우렁쌈장을 먹습니다.
밥 한술에 상추 수의를 덮어
입을 쩍 벌린 뒤 하관을 합니다.
우렁이 속살이 사리로 씹힙니다.
식도 첫머리에 어머니가 매달려 있습니다.
세상 어머니는 임신할 때마다 세 개의 젖꼭지를 받습니다.
그중 하나를 아이의 목젖으로 매답니다.
물 마시고 밥 먹고 숨 쉬는 일을 도와줍니다.
아내가 아기를 가질 때 간혹 남편도 한 개 젖꼭지를 받는데요,
다 아들의 사타구니에 매달아서
아무 곳에나 오줌 내지르게 하지요.
우렁쌈장을 먹습니다. 아버지는
아무리 퍼먹어도 그대로 남습니다.
아버지는 본래 빈 뚝배기였으니까요.
겨울 논, 속이 파먹힌 우렁껍데기였으니까요.
아버지는 그 껍질로 휘파람을 불지요.
나선형을 휘돌아 겨울바람이 생기지요.

겨울바람이 차갑네요. 수컷들이 노래를 부르나 봐요.
수컷들의 목젖이 부어오르겠네요.
목젖이 함박꽃 봉오리로 부풀겠지요.
함박웃음은 이미 꽃잎처럼 져버렸고요.

꿈에 몽골초원을 달리다

아버지학교 55

말 엉덩이에 죽은 아버지를 외투처럼 척하니 걸치고 광활한 초원을 달린다. 말의 엉덩이뼈를 맞춤하게 끌어안은 아버지의 등뼈, 퇴화한 꼬리뼈까지 휘영청 살아나 출렁인다. 달빛을 퉁기는 창끝 풀잎들, 아버지가 툭! 쓸모를 다한 활처럼 초원에 굴러떨어진다. 속도에게 중력이 화답을 보낸 것이다. 말의 눈망울에 고인 젖은 달빛, 눈물 몇 방울이 아버지 주검 쪽으로 날아간다. 최대한 멀리 돌아오는 말의 무릎에서 돌무덤 무너지는 소리, 한밤에 깨어나 젖은 풀잎처럼 뒤척인다.

머리맡에 대하여*

아버지학교 56

1

손만 뻗으면 닿을 곳에
머리맡이 있지요
기저귀 놓였던 자리
이웃과 일가친척의 무릎이 다소곳 모여
축복의 말씀을 내려놓던 자리에서
머리맡은 떠나지 않아요
아무 말도 떠오르지 않던 첫사랑 때나
온갖 문장을 불러들이던 짝사랑 때에도
함께 밤을 새웠지요 새벽녘의 머리맡은
구겨진 편지지 그득했지요
혁명시집과 입영통지서가 놓이고 때로는
어머니가 놓고 간 자리끼가 목마르게 앉아 있던 곳
나에게로 오는 차가운 샘 줄기와
잉크병처럼 엎질러지던 모든 한숨이 머리맡을 에돌아 들고
났지요

성년이 된다는 것은 머리맡이 어지러워지는 것
식은땀 흘리는 생의 빈칸마다
머리맡은 차가운 물수건으로 나를 맞이했지요
때론 링거 줄이 내려오고
금식 팻말이 나붙기도 했지요

2

지게질을 할 만하자/ 내 머리맡에서 온기를 거둬 가신 차가
운 아버지/ 설암에 간경화로 원자력병원에 계실 때/ 맏손자를
안은 아내와 내가 당신의 머리맡에 서서/ 다음 주에 다시 올
라올게요 서둘러 병원을 빠져나와 서울역에 왔을 때/ 환자복
에 슬리퍼를 끌고 어느새 따라오셨나요/ 거기 장항선 개찰구
에 당신이 서 계셨지요/ 방울 달린, 손자의 털모자를 사 들고/
세상에서 가장 추운 발가락으로 서울역에 와 계셨지요/ 식구
들 가운데 당신의 마음이 가장 차갑다고 이십 년도 넘게 식식

거렸는데/ 얇은 환자복 밖으로 당신의 손발이 파랗게 얼어 있
었죠/ 그 얼어붙은 손발, 다음 주에 와서 녹여드릴게요/ 그다
음 주에 와서/ ,/ 그./ 그다음 주에 와서 녹여드릴게요/ 안절부
절이란 절에 요양 오신 몇 달 뒤/ 아, 새벽 전화는 무서워요/
서둘러 달려가 당신의 손을 잡자/ 누군가 삼베옷으로 꽁꽁 여
며놓은 뒤였지요

3

이제 내가 누군가의 머리맡에서
물수건이 되고 기도가 되어야 하죠
벌써 하느님이 되신 추운 밤길들
쓸쓸하다는 것은 내 머리맡에서
살얼음이 잡히기 시작한 거죠 그래요
진리는 내 머릿속이 아니라
내 머리맡에 있던 따뜻한 손길과 목소리란 것을

알고 있지만 말이에요 다음 주에 다음 달에
내년에 내후년에 제 손길이 갈 거예요
전화 한번 넣을게요 소포가 갈 거예요 택배로 갈 거예요
울먹이다가 링거 줄을 만나겠지요
금식 팻말이 나붙겠지요
내가 한 번도 해보지 못한 기도 소리가
내 머리맡에서 들려오겠지요 끝내는
머리맡 혼자 남아 제 온기만으로 서성거리다가
가랑비 만난 짚불처럼 잦아들겠지요
검은 무릎을 진창에 접겠지요

*시집 『의자』에서 빌려옴.

6

사랑을 하면
가슴팍에 짐승이 돌아다니고
귀에서 귀뚜라미 소리가 들린다

글짓기 대표선수

1

노란 깃대를 자전거 꽁무니에 매단 삼천리자전거가 바깥마당에 받쳐 있다. 면사무소 최 서기 아저씨가 우리 집에 온 게 분명하다. 깃발에 '병충해방제'라고 쓰인 빨간 글씨가 도열병 맞은 벼처럼 무더위에 푹 처져 있다. 마을 이장인 우리 아버지가 극진히 대접하는 최 서기 아저씨가 술기운 거나하게 웃는다. 아버지의 얼굴도 감나무 그늘, 홍시에 얻어맞은 삼베 밥보자기처럼 불콰하다.

"인사드려라. 너도 이젠 꿈을 크게 가져라. 아버지 봐라. 마을 반장에 이장을 몇 년이나 해도 절대 면사무소 공무원은 못된다. 그게 왜냐? 난 선출직이고, 이분은 시험을 통과한 수재라 그런 거다. 너도 공부를 열심히 해서 이분이 면장님 할 때, 이분 밑에서 국가에 봉사할 맘을 굳혀라. 화가나 만화가나 다 굶어죽기 십상이다. 구름 위에서 헛꿈 꾸는 놈은 해 뜨고 구름 개면 날바닥에 고꾸라져 이마빡이 수박처럼 박살나는 거다. 아비 봐라. 의사가 꿈이었는데, 산골짝에 묻혀 있으니께 평생 헛농사만 짓지 않냐? 넌 농사꾼을 지도하는 농촌지도소나 면사무소 공무원이 안성맞춤이다."

아버지의 장광설이 귀에 닿기도 전에, 돌확에 부딪힌 유리구슬처럼 외양간 옆 쥐구멍으로 굴러들어간다. 엊그제 아버지에게 박힌 가슴속 쇠말뚝이 아프다.

"미술선생님께서 미술대 진학반에 들어간다면 고등학교 3년 장학생으로 추천해주신대요."

아버지는 어느 학교냐고 묻지도 않으셨다. 학교는 공립고와 신흥 사립고 둘뿐이었다. 아버지가 딱 한 마디 하셨다.

"읍내 동보극장, 간판쟁이 젊더라."

화가는 밥 굶기 십상이니 때려치우라고 고함이라도 쳤으면 말뚝까지는 박히지 않았으리라.

아버지의 바람대로 인문고에 진학했다. 2학년으로 진급하면서부터는 문과, 이과, 상과로 나뉘었다. 나는 직업반이라 불리는 상과를 선택했다. 아버지에겐 읍내 제일은행에 취직하는 게 꿈이라고 설득했다. '병충해방제'보다는 '알뜰적금'이 낫다고 판단하셨는지 고갤 끄덕이셨다. 상과에서의 며칠, '빵빵'이란 별명을 갖고 있던 김영영이가 찾아왔다.

"넌, 공무원시험 본다니까, 문과인 나랑 바꾸자. 일대일로 바꾸는 것만 허락해준대."

문과에서의 며칠, 이번엔 눈이 안 좋은 박희선이란 벗이 찾아왔다.

"야, 공무원시험 보는 데는 문과 이과 상관없어. 이과에서도 공무원시험 필수과목은 다 배워. 난 시력이 마이너스라서 공대에 원서도 못 낸대." 하고는 학교 앞 '복성슈퍼'로 나를 데려갔다. 아, 그 감칠맛 나는 쥐포! 쥐포 세 장 때문에 나는 또 이과로 바뀌었다. 3월 중순도 안 됐는데, 벌써 세 분의 담임선생님을 만난다. 책도 두 번째 바꾼다. 주산부기에서 고전문학으로, 세계지리에서 물리화학으로.

조회시간이었다. 화학 담당인 담임선생님은 지시사항을 속사포로 전달하고는 말미에 글쓰기선수를 한 명 뽑아야 한다고 했다.

"대학진학에 매진하는 너희 모두 매달 한두 번씩 글짓기에 다 참석할 필요가 있겠나? 반대표 한 명이 일 년 봉사하기로 하자. 누가 글 잘 짓지?"

침묵이 흘렀다 한참 뒤 분위기가 이상해서 고개를 들었다. 아이들이 나만 보고 있었다. 순간 반장 놈이 일어나서 한마디 쐐기를 박았다.

"선생님, 정록이는 문과에서 왔습니다."

아이들이 안도의 숨을 내쉬며 환호성을 질렀다.

"그렇지. 정록이가 우리 반 글짓기 대표선수다!"

그 뒤로 나는 글짓기 공문에 따라 주제만 엇비슷하게 각종 글을 베껴냈다. 교련 책의 '국난극복의 길'과 국민윤리 책의 '경노효친'이 나의 문우였다. 이장 보시는 아버지 덕분에 공짜로 배달되던 〈농민신문〉의 사설과 〈새농민〉의 수많은 체험수기들이 아군이 되어주었다. 물론 상을 탄 적은 한 번도 없다.

2

고향집 앞 시냇가 빨래터는 물소리가 좋았다. 바위로 보를 쌓았기에 냇물이 불면 폭포 소리 우렁찼다. 웬만한 울음소리는 잠재울 만했다. 눈물방울이 알알이 굴러떨어지며 슬픔을 버무려 품고 흘러갔다. 제 설움을 빨랫방망이로 후려치며 광목치마를 끌어올려 눈물콧물 찍어내던 동네 아낙들의 모습을 자주 마주치곤 했다. 빨래터 옆엔 새로 놓인 시멘트 다리가 있었다. 그 난간에 올라 어른인 양 헛기침을 하면 엄마는 부리나케 눈자위를 훔치며 나를 올려다보고는 어색하게 웃으셨다. 그 젖은 눈망울! 내가 무슨 죄를 지은 것같이 오금이 저렸다. 아버지를 대신해 뭔가 사과를 해야 할 것만 같았다.

"할머니 엄마 동생들이 자고 있는데, 어떻게 집에 불을 지를 수 있데요? 아버지는 아버지도 아니에요."

"엄마는 잠들지 않았어."

"엄마도 제 옆에서 주무시고 계셨잖아요?"

"아버지 들어오실 때는 깼어."

"아버지가 발로 툭툭 차서 깬 거죠. 할머니하고 나누시는 애기 다 들었어요."

"얼마나 사는 게 힘들면 어미 새끼 다 자는 집구석에 불을 싸질렀겠냐? 그리고 금방 후회하고는 이 어미를 깨웠지 않냐? 장남인 너만은 아버지를 이해해야 한다. 삼촌들이 줄줄이 셋이나 목숨을 버렸지 않냐?"

"그러니까 더 악착같이 식구를 챙겨야지요. 할머니도 맨날 여기 냇가에 와서 우는데."

"그려, 새끼들 눈에서는 피눈물 안 나게 잘 키울 거니까, 넌 걱정 말고 공부나 열심히 해. 어떻게든 고등학교 입학시킬 테니까."

사십여 년 전 일이다. 나도 아버지가 집에 불을 놓은 나이를 벌써 지나왔다. 아버지는 그 힘든 나날을 어느 물결에다 부려 놓았을까?

아버지의 반대로 여고 입학이 좌절된 누나는 읍내에 있는 동화전자주식회사에 취직했다. 진학하지 못한 슬픔을 달래 려는 듯 누나는 박봉을 쪼개 월부 책부터 들여놓았다. 누나 는 〈한국여류수필문학〉 전집에 보너스로 딸려온 『韓龍雲의 名詩』라는 시집 한 권을 선물로 주었다. 내가 이 지구상에서 처음으로 만난 시집이었다. 떨리는 손으로 맨 처음 시집을 펼 친 곳에 「나룻배와 행인」이란 시가 있었다. 내가 짝사랑하던 그녀의 집은 저수지에 잇닿아 있었다. 햇살바라기하는 자라 처럼 마당가에 작은 배가 있었다. 그로부터 시를 도둑질해서 편지를 쓰기 시작했다. 좋은 시구를 내 맘대로 고쳐 쓰다 보니 원작보다도 멋지게 느껴졌다. 내 꿈이 화가에서 시인으로 바뀌었다. 시인이 되겠다고 맘을 먹은 지 3년, 대학교 2학년이 되도록 시집이라고는 『韓龍雲의 名詩』 한 권뿐이었다. 자취방 방세를 내기에도 빠듯한 생활비였다. 새 시집을 갖고 싶었다. 학교버스를 타고 공주시내 '세종서림'에 갔다. 나는 그때까지도 두꺼운 시집이 비싼 줄 알았다. 가장 얇은 시집 한 권을 골랐다. 〈창비시선〉 16번, 천 원이었다. 나는 신관동 자취방까지 걸어가기로 맘먹었다. 뿌듯한 마음으로 시집을 펼쳐 읽으며 금강을 건너는 중, 눈물이 쏟아졌다.

흐르는 것이 물뿐이랴
우리가 저와 같아서
강변에 나가 삽을 씻으며
거기 슬픔도 퍼다 버린다
일이 끝나 저물어
스스로 깊어가는 강물 보며
쭈그려 앉아 담배나 피우고
나는 돌아갈 뿐이다
삽자루에 맡긴 한 생애가
이렇게 저물고, 저물어서
샛강 바닥 썩은 물에 달이 뜨는구나

우리가 저와 같아서
흐르는 물에 삽을 씻고
먹을 것 없는 사람들의 마을로
다시 어두워 돌아가야 한다

—정희성 「저문 강에 삽을 씻고」 전문

공주 연미산 아래 곰나루가 노을에 젖어 있었다. 그 붉은 노을 속에, 불길에 휩싸인 우리 집 사랑채가 활활 떠올랐다. 나는 아버지를 부르며 하염없이 울었다.

세상 모든 강은 큰물에 요동친 강폭과 수심의 상처를 갖고 있다. 그 너비와 깊이가 강을 이룬다. 거기 피난살이하던 두보의 흰 새가 날고, 그 강 언덕에 울화의 꽃도 불처럼 타오른다. 강은 억장이 무너지는 사람들의 마음을 대신 울어준다. 울음이 잦아들 때까지 함께 흘러간다.

3

대학에서도 글짓기로 상을 탄 적이 한 번도 없다. 하지만, 그때 터득한 게 있다. 억지로 쓴 글은 누구의 눈길도 머물지 않는다는 걸. 어찌어찌 등단을 하고 대학원을 다닐 때 문예창작과에서 시 창작을 강의한 적이 있다. 평가를 겸한 숙제로 자신이 좋아하는 시를 오십 편 이상 필사하라고 했다. 학생 수대로 멋진 선집이 완성되었다. 학생들에게 돌려주지 않았다. 머리맡에 두고 자주 읽었다. '왜 이럴까? 자신이 좋아하는 시와 자신이 쓰는 시가 같은 성향, 같은 수준이면 좋을 텐데.' 그 '거리 좁히기'가 곧 시인이 되는 지름길이라고 목청을 높였다. 학생들은 고개를 끄덕이지 않았다. 그 '거리 넓히기'가 '상상력'이며 '낯설게 하기'라고 생각하는 듯했다.

아, 내가 좋은 글은 남도 좋아한다. 남도 좋아하는 예쁜 여자를 따라다니다가, 그를 어떡해든 감동시키려고 시를 쓰기 시작한 나는 뼛속 깊이 그걸 안다. 다만, 사랑하는 이가 이해하는 언어, 진심이 담긴 영혼의 말을 참신하게 담아내야 한다. 세상 모든 독자는 가장 예쁘고 가장 아름다운 연인이기 때문이다. 나는 출발부터 '글짓기 대표선수'였다.

글을 쓰려고 원고지를 펼쳐놓으면, 자꾸 그림부터 그려진다. 그럴 때면 어김없이 아버지의 단호한 눈초리가 백지의 설원에서 오롯하게 솟아오른다.

"읍내 동보극장, 간판쟁이 젊더라."

꼭 필요한 사람이 되어라*

그간 잘 계셨는지요? 오랜만에 글월 올립니다.

"아버지 목소리 들릴 때마다 세상을 향한 눈의 문을 열게
되었고"라는 장사익의 노래 「아버지」를 읊조릴 때가 많지만,
막상 또박또박 노랫말을 옮기다 보니 마음의 문에 삭풍이 들
이치는 것 같네요.

아버님 떠나시고 소식도 못 들은 둘째가 올해 열여섯이 되
었습니다. 중학교 3학년에 올라가죠. 녀석을 보면서 반성할
때가 많아집니다. 그 나이 때 저는 고2였고 이해도 못할 어려
운 책과 씨름할 때였죠. 싸가지 없게 그때 저는 아버지를 많이
원망했죠. 술만 드시는 아버지를 한심하게 생각했고, 농사일
에 무관심한 아버지가 미웠으며, 식구들보다 동네 사람들이
나 면서기를 더 챙기시는 아버지의 오지랖을 이해할 수 없었
죠. 아버지의 어깨를 짓누르던 과중한 무게는 하나도 보지 못
하고, 오직 내 아비로서 역할만 따졌을 때니까요. 형제 중 셋
을 앞세우고, 큰어머니 한 분을 더 모셔야 했고, 난치병 앓는
여동생으로 노심초사하는 아버지는 안중에도 없었으니까요.
간경화와 황달로 고생하시던 아버지 대신 병원으로 약 타러

다니던 일만 부끄럽고 귀찮게 여기던 철부지였으니까요.

아버지, 다시 설이 왔어요.

하늘나라에도 떡 방앗간이 있는지요? 흰 구름 숭숭 썰어 넣고 별똥별로 떡국을 끓이시는지요? 하루 종일 엿도 고고 두부도 만드는지요? 만사 제쳐놓고 정월 보름까지는 화투도 치고 윷놀이도 즐기시는지요?

몇 해 전, 인근 학교에서 참 재미있는 일이 벌어졌어요. 정월 대보름이 때마침 전 직원 출근 날이었기에, 막걸리 두어 통에 돼지머리도 삶아 윷놀이가 펼쳐진 거죠. 행사는 교장선생님이 제안하고 직원들은 놀기만 하면 되는 날이었죠. 그런데 놀이 준비는 누가 합니까? 당연 주사 아저씨가 해야 했죠. 갑자기 돼지머리 삶으랴, 새우젓 사랴, 동태 사랴, 대파에 무 사랴, 집에 가서 묵은김치에 밥그릇, 국그릇, 숟가락, 젓가락 챙기랴, 양조장에 가서 막걸리 받아오랴, 이장댁에 가서 멍석 빌려오랴, 들락날락 솥단지마다 장작 집어넣으며, 세 시간 만에 똥줄 나게 놀이판을 꾸렸는데 막상 윷가락을 못 챙긴 거예요. 당연지사, 교장선생님의 불호령이 떨어졌죠. 다른 것은 몰라도 윷은 밤나무로 세 벌 깎아놓으라고 단단히 이른 터였죠.

"이 사람 이거 신혼여행 갈 때 거시기 떼어놓고 갈 양반이구먼. 맨손으로 전쟁터 나갈 양반이여."

순간 아저씨 머리에는 총을 놔두고 똥 누다가 바지춤도 못 올린 채 포로로 잡혔던 베트남전에서의 참혹한 광경이 떠올랐죠.

'그래, 거시기 한번 박박 긁어봐라.'

주사 아저씨는 부리나케 창고 뒤편으로 달려갔죠. 철조망 울타리에 윷가락으로 다듬을 만한 좋은 나무가 있었거든요. 지난가을에 베어놓은 옻나무 말예요. 교장, 교감선생님이 옻 독에 오른다는 사실을 벌써 알고 있었죠. 주사 아저씨는 한 학교에 오래 근무하다 보니 모르는 게 없으시잖아요. 옻나무가 얼마나 잘 깎였겠어요. 결 좋은 윷가락 두 벌이 뚝딱 만들어졌죠. 한 벌은 아카시아 나무로 만들어서 행정실 팀끼리 따로 놀았고요.

그대로 효과만점이었죠. 술과 옻과 돼지고기는 친인척 관계잖아요. 게다가 혈기왕성한 몇몇 분들은 그날 밤 사모님들과 사랑을 나눈 거예요. 보건소로, 약국으로, 다들 분주한 신년인사를 치러야 했죠. 평소 부부 사이가 안 좋던 모 교사는 성병으로 의심을 받아서 더 곤욕을 당했답니다.

아버지, 그곳은 어떤 나무로 윷가락을 깎는지요? 나무가 없어서 별똥별 몇 개로 공기놀이를 하시나요? 설이 되니 더욱 뵙고 싶네요.

산 설고 물설고
낯도 선 땅에
아버지 모셔드리고
떠나온 날 밤

애야 문 열어라
잠결에 후다닥 뛰쳐나가
잠긴 문 열어젖히니
찬바람 온몸을 때려
뜬눈으로 날을 샌 후
애야 문 열어라
아버지 목소리 들릴 때마다
세상을 향한
눈의 문을 열게 되었고
아버지 목소리 들릴 때마다
세상을 향한
마음의 문을 열게 되었고**

장사익의 노래 가사에는 안 나오지만 이 노래의 원작인 허
형만 시인의 시 「문 열어라」는 이렇게 끝나지요.

그러나 나도 모르게
그 문 다시 닫혀졌는지
어젯밤에도

문 열어라.***

세월이 갈수록 제 어두운 문을 열어주시는 아버지, 떡국은 드셨는지요? 우리가 제사상에 올리는 떡국 말고, 하늘나라 두레밥상에서도 증조할머니, 증조할아버지, 큰할머니, 할머니, 할아버지, 그리고 먼저 가신 삼촌 세 분과 후루룩후루룩 뜨시게 떡국 잡수셨는지요?

　아버님께서 돌아가신 1993년 양력 2월 4일은 입춘이었죠. 그해 설은 요양하던 수덕사에 있는 허름한 여관에서 나셨죠. 간경화에 설암이 겹쳐 떡국도 국물만 조금 넘기셨죠. 그때를 생각하면 저는 한없이 가슴이 오그라듭니다.

　아버지께서 짚고 다니시던 지팡이, 그곳에는 아버님의 유언이 새겨져 있었죠. 사하촌 상가에서 구입하고, 그곳에서 불 인두로 새겨 넣으신 열 글자!

　"꼭 필요한 사람이 되어라!"

　처음에 저는 그 글귀를 발견할 수가 없었죠. 여관 마루에 기대어놓은 지팡이 안쪽에 새겨져 있었으니까요. 자식에게 직접 이러저러한 사람이 되어라 말씀 못하신 당신의 심정을 생각하니 또 마음이 시려오네요. 그러던 어느 날, 저는 바깥마루 귀퉁이, 걸레를 베고 비스듬히 걸쳐 있던 지팡이에 글자가 새겨져 있는 것을 발견했습니다. 한 번쯤 제가 보았으면 하고는, 당신은 고드랫돌처럼 얼어붙은 걸레를 받쳐놓으신 거였죠. 무릎 꿇고 싸리비 같은 당신의 손을 잡자, 희미하게 웃으시면서 농을 치셨죠.

"한 글자에 오백 원씩 오천 원 줬다. 느낌표는 보너스여. 그 느낌표가 중요헌 거여. 사람이 한세상 접을 때에는 느낌표가 있어야 혀."

마루에 나와 담배 한 대 꼬나물고는, 나는 지팡이를 떠받들고 있는 걸레를 보았죠.

'그려, 걸레가 돼야지. 걸레는 저렇게 숭엄하지.'

언 걸레를 뜯어보니 수건을 반쪽으로 자른 거였죠. 아마도 반쪽은 행주로 썼던지, 방 걸레로 썼던지, 발수건으로 썼겠죠.

'그렇지, 꼭 필요한 게 뭐여. 지팡이, 걸레, 행주, 발수건이지. 내가 쓰는 시는 이 네 가지에다 주소를 둬야지. 그러다 보면 시보다도 어렵다는 삶이란 녀석도 지팡이 짚으며 따라오겠지.'

아버님. 설날이 되었다고 뭐 달라지는 거야 없겠지요. 세상사 언제나 힘들지 않은 적 없으니까요. 하지만 갈수록 모두 힘들어합니다. 팔지 못한 배추밭이 꼭 공동묘지 같습니다. 몇 안 되는 조무래기들이 배추밭에서 비닐썰매를 타고 축구도 합니다. 그러면 눈 속에 얼어붙어 있던 배추들이 해골처럼 나뒹굽니다.

혹여 힘이 닿으시면 그곳 어른들과 상의하셔서, 지상의 어려운 분들께 희망의 복을 내려주시지요. 물론 저희 가족에게도 우수리는 꼭 챙겨주시고요.

올해에도 주저리주저리 말이 길었습니다.

참, 초겨울 날씨가 변덕스러워서 시골집 김장김치가 부글부글 끓어올랐습니다. 그래 부랴부랴 김치냉장고를 들여놓았지만 김장 맛이 지난해만 못합니다. 제사상에 올릴 동치미가 그나마 좀 나은 게 다행이네요.

어머님은 갈수록 아버님이 그리우신지 새로 배우는 뽕짝마다 사랑타령이랍니다. 어머님이 쓰시는 편지는 제때에 잘 받아보시는지요. 어머님은 요즘 제가 건네준 교무수첩에다 뽕짝 가사도 적으십니다.

아버님, 까치담배 내기 윷놀이라도 꼭 이기시길 바랄게요.

그럼 이만, 안녕히 계세요.

* 산문집 『시인의 서랍』에서 빌려옴.
** 장사익, 『꿈꾸는 세상』, 「아버지」, 2003.
*** 허형만, 『비 잠시 그친 뒤』, 문학과지성사, 1999.

외양간 마구간 가슴간

햇살이 언 땅을 들어 올리는 봄이다. 아버지께서 돌아가신 날도 입춘이었다. 어머니와 단둘이 누운 봄밤! 대화가 국수토막처럼 뚝뚝 끊긴다. 고드름 부서지는 소리도 없다. 개는 일찍 잠에 들었나, 적막하다. 봄밤의 적막은 눅눅하다. 먹먹한 어둠을 올려다본다. 사각 천장이 거대한 도토리묵 같다. 묵 표면에 작은 기포 같은 게 반짝인다. 도토리묵의 젖은 눈빛을 읽을 길 없다. 작게 속삭이는 도토리묵의 말씀을 들을 수가 없다. 어머니가 전기장판 온도를 조금 높인다. 텔레비전을 다시 켤까 하다가 리모컨을 머리맡 고구마 자루에 다시 올려놓는다. 멀리서 오토바이 소리가 난다. 점점 가까워온다. 신작로에서 우리 집 앞으로 이어진 마찻길로 들어선다. 대동샘까지 왔다. 감나무 밑이다. 비닐하우스 곁이다. 부룽부룽 액셀러레이터를 당긴다. 빙빙 돈다. 말뚝에 묶인 발정 난 숫염소 꼴이다.

"누구래요?"

"남정네겠지."

"아는 사람이래요?"

"너도 아는 사람이여."

"왜 저런대요?"

"술 한잔하자고 저러지. 어미가 혼자 사니께…… 봄밤이잖아."

"좀 늦은 시간인데요. 불 켤까요?"

"내버려 둬. 저러다 그냥 가."

"맨날 와요?"

"술이 떡이 돼서는 혼자 저러다가 제풀에 지쳐서 떠나. 담날 여기 왔다 간 줄도 몰라. 그냥 오는 거여."

"엄니를 좋아해서 오는 게 아니에요?"

"아녀. 진짜 좋아하는 과부는 따로 있어. 산양이란 동네에 나보다 어린 과부가 있어."

"근데 여기는 왜 와서 붕붕거린데요?"

"다 헛헛해서 그러지. 닭 대신 꿩! 꿩 대신 봉황!"

"바뀐 거 아니에요?"

"넌, 어미가 닭이었으면 좋겠냐?"

"이왕 잠 놓친 거, 사랑 얘기 좀 해줘요."

"먼젓번에 다 얘기했잖아. 진짜 사랑은 편애라고."

"벌써 시로 써먹었어요. 그리고 그건 내리사랑이잖아요. 연애에 대해서 한말씀 해줘요?"

"내가 연애해봤냐. 중매결혼인데."

"그래도 엄니는 모르는 게 없잖아요."

"어미는 결혼하고 난 뒤에 연애란 걸 해봤다."

"엄니, 바람피웠어요?"

"미친 놈, 내가 멋진 아버지 놔두고 눈이 삐었냐? 아버지 간수하기도 바빴는데."

"그럼 아버지랑 연애했어요?"

"그려. 결혼하고 나서야 사랑이 싹텄지. 중매결혼은 그래. 게다가 임신시켜놓고 입대해버렸으니, 독수공방에 얼마나 그립던지. 휴가 나오기만 기다렸지. 내가 그때 알았다."

"뭘요?"

"사랑을 하면 가슴팍에 짐승이 돌아다니고 귀에서 귀뚜라미 소리가 들린다는 걸 말이다. 귓불이 젤 먼저 붉게 달아오르지. 귀에서 귀뚜라미 보일러가 팡팡 돌아가서 그런 거여. 그땐 생솔가지 땔 땐데, 벌써 그 회사는 알았는가 봐. 쩔쩔 끓는 방에서 사랑을 나누라고 보일러 이름을 그리 지었나?"

"어떤 짐승이 살아요?"

"모르긴 해도 황소 같아. 코끼리보다는 자발스럽고 원숭이보다는 점잖은 짐승, 말이나 소가 아닐까 싶어. 왜, 소 키우는 데를 외양간이라고 하고 말 키우는 덴 마구간이라고 하지 않냐. 그럼, 사랑하는 사람이 크는 데는 가슴간 아니겠냐. 내가 이름을 붙여봤다."

"엄니 가슴간엔 누가 산데요?"

"난 죽어서도 아버지다. 그만한 멋쟁이가 없지. 술 조금 많이 먹고 나보다 먼저 저세상 간 거만 빼고는 흠잡을 데 없지.

술 취해서 농사일 안 하고 병치레 십수 년 한 거 빼고는 얼마나 멋졌냐?"

"그거 빼면 뭐가 남아요. 우리도 그런 얘기를 해요. 수업하고 업무만 없으면 선생 노릇 할 만한 거라고. 신문기자들도 그런대요. 취재와 기사 쓸 일만 없으면 기자가 최고라고. 농사꾼이 농사는 안 짓고 병원비로 기둥뿌리 뽑는데, 뭐가 멋지데요?"

"그런 데에는 그럴 만한 속사정이 있는 거야. 사랑하면 그 눈물과 고통의 뿌리를 알게 되니까, 어떤 상황에서도 사랑이 식지 않고 끄느름하게 익어가는 거여. 꽃 좋은 것만 보고는 열매를 못 보는 거여. 난 좋아하는 사람은 꽃만 예뻐하질 않아."

"그럼 엄니 허리가 자꾸 굽는 이유가, 그 짐승이 커져서 그러는 고만요? 가슴이 쪼그라드는 것도 그 짐승이 밤낮으로 쪽쪽 빨아먹어 그렇고요?"

"그려. 근데 넌 다 가르쳐줘도 반밖에 몰라. 허리가 굽는 건 말이여. 가슴간 울타리가 자꾸 허름해지니까 그 짐승이 달아날까 봐 그려. 그리고 가슴간이 자꾸 식으니까 짐승이 추울 거 아니냐. 그래 허리를 구부려 감싸주려는 거지."

"그럼 쭈그렁 가슴은요?"

"그건, 보는 나도 속상하지. 그쪽은 미용이 첫째인데. 하긴, 그것도 늘어져야 짐승우리를 잘 감쌀 거 아니냐?"

오토바이마저 떠난 봄밤이다. 어머니의 마음간 울타리에 어찌 아버지만 있으랴. 어머니의 귀에 귀뚜라미가 우는가 보다. 귀를 베갯잇에 살포시 넌다. 돌아누운 어머니의 등이 내 쪽으로 둥글다. 어머니 가슴속 짐승이 나를 보고파서 머리를 들이미는 것 같다. 고구마 자루에 올려 있던 리모컨이 방바닥으로 미끄러진다. 고구마에 싹이 돋나 보다. 고구마의 가슴에도 뿔 좋은 짐승 한 마리씩 뛰어다니는 봄밤이다.

아버지학교

초판 1쇄 인쇄 2013년 5월 3일
초판 2쇄 발행 2014년 9월 24일

지은이 이정록
펴낸이 정중모
펴낸곳 도서출판 열림원
등록 1980년 5월 19일 (제406-2003-026호)
주소 서울시 마포구 잔다리로 2길 7-0
전화 02-3144-3700 | 팩스 02-3144-0775
홈페이지 www.yolimwon.com | 이메일 editor@yolimwon.com
트위터 twitter.com/Yolimwon

© 2013, 이정록
ISBN 978-89-7063-770-9 03810

● 책값은 뒤표지에 있습니다.